AF290099

Analyse de l'œuvre

Par Gabrielle Yriarte et Kelly Carrein

Manifeste du surréalisme

d'André Breton

Rendez-vous sur lepetitlitteraire.fr et découvrez :

Plus de 1200 analyses
Claires et synthétiques
Téléchargeables en 30 secondes
À imprimer chez soi

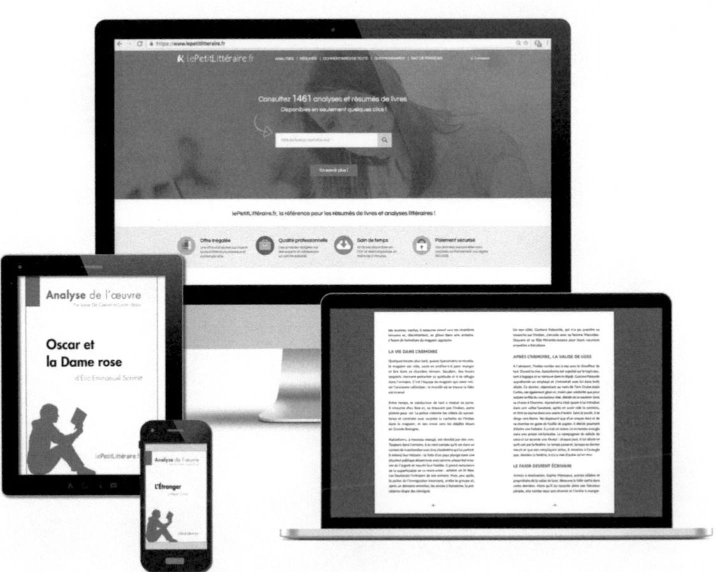

ANDRÉ BRETON

ÉCRIVAIN SURRÉALISTE FRANÇAIS

- **Né en 1896 à Tinchebray (Basse-Normandie)**
- **Décédé en 1966 à Paris**
- **Quelques-unes de ses œuvres :**
  - *Les Champs magnétiques* (1920), avec Philippe Soupault (écrivain français, 1897-1990), recueil de textes en prose
  - *Nadja* (1928), récit
  - *L'Amour fou* (1937), récit

Romancier, poète et essayiste, André Breton est surtout connu pour avoir fondé le mouvement surréaliste. En 1919, il crée, avec ses amis Philippe Soupault et Louis Aragon (écrivain français, 1897-1982), la revue *Littérature* et y publie le premier texte surréaliste : *Les Champs magnétiques*. En 1924, il publie le *Manifeste du surréalisme*, avec lequel il s'impose comme chef de file de ce mouvement. Auteur de *Nadja* et de *L'Amour fou*, André Breton a également été membre du Parti communiste français de 1927 à 1935.

MANIFESTE DU SURRÉALISME

LA THÉORIE DU SURRÉALISME

- **Genre :** manifeste
- **Édition de référence :** *Manifestes du surréalisme*, Paris, Gallimard, coll. « Folio Essais », 1985, 173 p.
- **1ʳᵉ édition :** 1924
- **Thématiques :** littérature, rêve, imagination, écriture, inconscient

Le *Manifeste du surréalisme* a été rédigé en 1924 pour être la préface de *Poisson soluble*, recueil en prose dans lequel l'auteur souhaitait expérimenter l'écriture automatique. En cours de rédaction, il est devenu le manifeste que l'on connait. Renfermant une définition du surréalisme sur laquelle l'auteur n'est jamais revenu (« Automatisme psychique pur, par lequel on se propose d'exprimer [...] le fonctionnement réel de la pensée. Dictée de la pensée, en l'absence de tout contrôle exercé par la raison », p. 36), il éclaire les motivations et les fondements du mouvement, ainsi que ses méthodes et son champ d'action. Sous l'impulsion des artistes qui s'y sont reconnus, ce texte théorique non dénué d'exaltation ni de poésie a officiellement marqué la naissance du groupe surréaliste.

RÉSUMÉ

L'IMPORTANCE DU MERVEILLEUX

Sans imagination, l'homme est misérable. Arraché à la liberté de l'enfance, il se résigne à l'absence de rêve qui caractérise la logique utilitaire de la vie réelle. L'imagination est ainsi reléguée dans la folie. Or Breton estime qu'il faut la réhabiliter, car l'imagination est source de jouissance et dévoile tous les possibles.

L'attitude « réaliste » de l'homme (c'est-à-dire sa volonté de proposer à travers l'art une re-présentation scrupuleusement fidèle au monde qu'il connait) a engendré le roman. Loin de toute créativité, celui-ci se contente de décrire le réel insignifiant. L'inconnu y est ramené au connu pour l'apprivoiser.

Cependant, les découvertes de Sigmund Freud (médecin autrichien, fondateur de la psychana-lyse, 1856-1939) pourraient renverser cette lo-gique utilitaire. Ses travaux portent notamment sur le rêve, rectifiant le désintérêt inexplicable des précédentes générations à l'égard de cette activité de l'esprit qui nous occupe pourtant pendant de longues heures chaque jour.

La pensée éveillée exerce sur le rêve un contrôle qui ne nous en laisse percevoir que la partie qui n'a pas été opacifiée par la mémoire. Le rêve apparait de prime abord discontinu et dénué de sens. Pourtant :

- au-delà des coupures introduites par la mémoire, le rêve est, selon Freud, continu et organisé, mais autrement que la pensée éveillée. Il est difficile d'en rendre compte rationnellement ;
- le rêve constitue la couche la plus profonde de notre pensée, par-dessus laquelle la conscience éveillée pose un voile qui ne réussit pas toujours à la masquer, comme en témoignent les lapsus (erreur commise par inadvertance et consistant à substituer un mot à un autre) et les actes manqués (dans une action, ratés qui révèlent un conflit inconscient) ;
- le rêve est une activité satisfaisante, en ce sens qu'elle lève les tabous et les impossibilités ;
- il est possible de résoudre la contradiction entre rêve et réalité. La réalité qui surgira de

cette résolution peut être appelée « surréalité ». Elle constitue le but du poète.

Seul « le merveilleux » (p. 25), c'est-à-dire les éléments imaginaires, relevant notamment du rêve, inexplicables ou invraisemblables, confère de la valeur aux œuvres littéraires. Il prend souvent la forme de symboles dérangeants, voire de mauvais gout, qui expriment l'inquiétude humaine.

La liberté humaine, démiurgique, dépend de la capacité de l'homme à libérer ses désirs, comme « la poésie le lui enseigne » (p. 28). Celle-ci implique une prise de risques, tant pour le théoricien du surréalisme que pour ceux qui le pratiqueront. Rien n'est moins aisé que de réaliser de tels idéaux. Breton ne fait que les indiquer.

L'auteur dévoile ensuite le cheminement qui l'a mené vers ces découvertes. Alors qu'il pensait encore faire de la poésie à partir des mots seuls, une définition de l'image réalisée par Pierre Reverdy (poète français, 1889-1960) l'a conduit à repenser sa méthode :

> « L'image est une création pure de l'esprit. Elle ne peut naître d'une comparaison mais du

> rapprochement de deux réalités plus ou moins éloignées. Plus les rapports de deux réalités rapprochées seront lointains et justes, plus l'image sera forte – plus elle aura de puissance émotive et de réalité poétique [...] » (p. 31)

Il se livre à l'expérience de fixer son « attention sur des phrases qui [...] à l'approche du sommeil, deviennent perceptibles pour l'esprit sans qu'il soit possible de leur découvrir une détermination préalable » (p. 29). Il tâche de capter une phrase articulée qui surgit accompagnée d'une image visuelle. Conscient de sa force poétique, il s'y accroche, et de cette connexion surgissent d'autres images. Il s'efforce ensuite de faire surgir sa « pensée parlée » (p. 33). Il s'y applique avec Philippe Soupault et constate que les textes produits par cette méthode sont du plus grand intérêt poétique.

L'INVENTION DU SURRÉALISME

Le terme de « surréalisme » est un hommage à Guillaume Apollinaire (écrivain français, 1880-1918). Cependant, Gérard de Nerval (écrivain français, 1808-1855) était beaucoup plus proche de l'esprit du mouvement, et le terme de « supernaturalisme », que le poète emploie déjà dans *Les Illuminés* en 1852, aurait pu s'imposer. L'auteur définit le surréalisme en deux articles : d'une part, comme la technique d'écriture automatique, d'autre part comme la philosophie surréaliste.

Suivent les noms des artistes qui ont fait preuve de « surréalisme absolu » (p. 36) – notamment Aragon, Breton, Desnos (poète français, 1900-1945), Éluard (poète français, 1895-1952), Péret (poète français, 1899-1959), Soupault, Vitrac (écrivain français, 1899-1952) –, puis les noms de ceux qui s'en sont approchés par certains aspects de leur caractère ou de leur vie – par exemple, Sade (écrivain français, 1740-1814), Constant (écrivain et homme politique français, 1767-1830), Poe (écrivain américain, 1809-1849), Baudelaire (poète français, 1821-1867), Rimbaud (poète français, 1854-1891), Mallarmé (poète français, 1842-1898), Jarry (écrivain français, 1873-1907). Pour faire œuvre surréaliste, il faut renoncer à tout orgueil et se faire « appareil enregistreur » (p. 39) de l'inconscient.

Dans la section intitulée « Composition surréaliste écrite, ou premier et dernier jet » (p. 41),

Breton expose plus précisément la méthode de l'écriture automatique qui bannit toute censure, toute interruption consciente et volontaire : la production surréaliste est en vérité le texte tel qu'il est sorti de l'esprit de l'auteur, sans que la moindre correction ne soit apportée à cette version initiale. La dernière partie du *Manifeste* est la plus éclairante quant à l'écriture surréaliste. La règle de base est de laisser s'écouler nos pensées en un flux ininterrompu, de libérer notre discours intérieur, qui est notre pensée la plus riche, porteuse des trésors et des révélations que l'état de pensée rationnelle nous dissimule.

Le dialogue est l'une des structures fécondes du discours surréaliste : la non-correspondance rationnelle entre questions et réponses est un signe suprême de liberté. La démarche surréaliste implique l'ensemble de la personne, et crée un état de besoin et de révolte qui peut être comparé à l'effet, déjà analysé par Charles Baudelaire, des stupéfiants sur la création poétique, pour différentes raisons :

- les images surréalistes s'imposent au poète et ne se congédient pas facilement. Elles viennent du rapprochement de termes éloignés que rien ne prédestinait à être unis. Du choc nait une étincelle d'autant plus belle qu'elle est fortuite et imprévisible. L'écriture automatique est le moyen le plus propice à la création de telles images, qui envoutent et donnent accès à une réalité supérieure ;

- le surréalisme fait replonger avec exaltation dans le temps béni et révolu de l'enfance ;
- le surréalisme a peu de chance de générer des lieux communs, car ses moyens peuvent être variés et multipliés. Le collage/montage à partir de coupures de journaux est par exemple une technique intéressante dès que le hasard y joue un rôle important.

Écouter la voix de l'inconscient et renouer avec ses pensées profondes engendre automatiquement un bouleversement de la morale ; le poète surréaliste doit accepter d'être incompris, car ses vues divergent de celles de ses contemporains, sans pour autant renoncer à sa démarche.

La rêverie scientifique a quelque chose à voir avec le surréalisme, quand le chercheur part à l'aventure sans se laisser guider par des considérations pratiques ou rationnelles.

Le surréalisme implique un état de non-conformisme et de marginalité absolue. Tout ce qui est commun et ordinaire est dédaigné au profit de la philosophie surréaliste.

ÉCLAIRAGES

LE TRAUMATISME DE LA GUERRE

Le surréalisme est un mouvement d'avant-garde littéraire et artistique – c'est-à-dire qu'il défend « des idées et des formes d'expression en rupture avec l'idéologie et l'esthétique dominantes » (ARON P., SAINT-JACQUES D. et VIALA A. (dir.), *Le dictionnaire du littéraire*, Paris, Presses universitaires de France, 2002, p. 40) – né après la Première Guerre mondiale (1914-1918). Il a regroupé des écrivains et des artistes qui souhaitaient « s'éloigner du rationalisme afin de libérer la vie de l'esprit et de capter le merveilleux de la vie quotidienne » (*ibid.*, p. 598).

Le surréalisme peut donc apparaitre comme une réaction au traumatisme de la guerre. Comme les autres avant-gardes nées après 1914-1918, c'est un mouvement engagé dans l'action sociale et politique. Les horreurs de la Première Guerre mondiale ouvrent une blessure profonde en tous ceux qui, comme Breton, s'inscrivaient dans la mouvance du socialisme ou de l'anarchisme (philosophie politique qui désire développer une société sans domination ni exploitation). Face à l'horreur inexpliquée et inexplicable, l'étudiant mobilisé qu'est Breton invoque le secours des poètes. Nombreux sont les surréalistes qui rejoignent le parti communiste, à l'image de Breton, Aragon et Paul Éluard en 1927. Ils prennent également position en rédigeant des tracts et des pamphlets sur les problématiques de l'époque, comme la guerre coloniale au Maroc (1907-1937).

L'AVANT-GARDE ARTISTIQUE

Le poème *Rêve* (1875), d'Arthur Rimbaud, accompagnera Breton, et les liens d'amitié qu'il noue avec Apollinaire, Reverdy et Soupault pendant cette période seront essentiels pour la naissance du surréalisme. En outre, dès 1916, Breton, étudiant en médecine, découvre le travail de Freud : il se passionne alors pour la psychanalyse et les expériences sur la libération de la parole et, par extension, de l'esprit.

Le groupe surréaliste se compose au départ d'André Breton, Louis Aragon et Philippe Soupault (ils se désignent au départ comme le « mouvement flou »), qui publient dans la revue *Littérature*, qu'ils ont eux-mêmes fondée en 1919. D'autres auteurs, dont Robert Desnos et Paul Éluard, les rejoignent par la suite. Leurs écrits mettent en avant une volonté de rupture nette qui prend la forme d'une écriture subversive.

Révoltés contre les valeurs de la société bourgeoise, ils sympathisent avec l'esprit de provocation du mouvement dada (mouvement intellectuel, littéraire et artistique qui remet en cause les conventions idéologiques, esthétiques et politiques imposées par la société), ainsi qu'avec les très subversifs *Chants de Maldoror* (1869) du comte de Lautréamont (poète français, 1846-1870), un ouvrage poétique en prose composé de six « chants » sans lien entre eux, si ce n'est la présence du mystérieux Maldoror.

En 1920, lorsque Tristan Tzara (écrivain et poète français d'origine roumaine, 1896-1963), le fondateur du mouvement dada, arrive à Paris, le groupe de Breton s'associe un temps avec lui, avant de rompre, en 1923, en raison de leurs visions différentes du rôle de l'art dans la société. De fait, Breton reproche au dadaïsme de détruire sans construire, de provoquer sans rien proposer de concret, tandis que les surréalistes veulent avoir une action véritable.

C'est à ce moment que l'orientation freudienne du groupe se précise – remarquons toutefois que Breton et Soupault avaient déjà expérimenté l'écriture automatique auparavant et l'avaient illustrée en 1920 dans un recueil de textes en prose intitulé *Les Champs magnétiques*. Breton et ses compagnons se réunissent et s'adonnent à des activités collectives d'exploration de l'inconscient qui resserrent leurs liens. À l'écoute de leurs voix intérieures, ces artistes expérimentent la libération que théorisera le *Manifeste du surréalisme* en 1924.

SURRÉALISME ET POLITIQUE

Le surréalisme vise la révolution sur un plan artistique, mais aussi dans le monde politique. En 1925 nait la revue *La Révolution surréaliste* qui rend évidente cette ambition, bien que le *Manifeste* annonçait déjà, un an plus tôt, que la littérature n'est pas le seul champ d'action visé par le surréalisme. Il s'agit de redéfinir l'homme, la vie, le monde, la morale, et de les appréhender d'une façon nouvelle et révolutionnaire.

Une phrase de Breton résume cette idée :
« Transformer le monde a dit Marx [théoricien
du socialisme et révolutionnaire allemand,
1818-1883], changer la vie a dit Rimbaud ; ces
deux mots d'ordre pour nous n'en font qu'un. »
(BRETON A., « Discours au Congrès des écrivains
pour la défense de la culture », in *Bulletin international du surréalisme*, n° 3, 20 aout 1935)

Dès la fin des années 1920, des dissensions in-
ternes apparaissent au sein du groupe, pour des
raisons principalement politiques, ce qui donne
lieu à un second manifeste en 1930 : Breton y
affirme l'autonomie de la littérature et la possibilité pour les écrivains surréalistes de participer
à la révolution sans adhérer au parti communiste, qu'il a lui-même quitté après avoir connu
plusieurs incompréhensions avec la direction du
parti.

Durant la Seconde Guerre mondiale (1939-1945),
Breton s'exile à New York, alors que de nombreux surréalistes s'engagent dans la Résistance
(Aragon entre autres). Le mouvement perd peu
à peu de son importance, notamment suite à la
rupture entre Breton et Aragon : après avoir lu
le poème *Front rouge* (1931), rédigé par Aragon,

Breton a défendu le texte tout en soulignant le fait qu'il ne l'estimait pas, car il était trop propagandiste à son gout ; Aragon a désavoué cette défense, précipitant ainsi la séparation artistique et intellectuelle entre ces deux piliers du mouvement.

Le surréalisme historique s'éteint finalement avec la mort de Breton, en 1966, mais, depuis, de nombreux artistes (notamment des peintres) se réclament encore de ce mouvement qui a eu un rayonnement international, en littérature et dans les arts.

CLÉS DE LECTURE

DES IDÉES EN QUÊTE DE LÉGITIMITÉ

En intitulant cet écrit *Manifeste*, André Breton s'inscrit dans la tradition des groupes de penseurs ou d'artistes définissant leurs vues, présentant leur programme, justifiant leur action. Le manifeste est donc un genre littéraire à part entière, une déclaration écrite et publique exposant un programme d'actions politiques ou artistiques. C'est également un écrit de combat, où se bousculent des revendications affirmées avec vigueur et une idée de compétition contre des adversaires qu'il faut absolument battre (« Le surréalisme est le "rayon invisible" qui nous permettra un jour de l'emporter sur nos adversaires », p. 60).

Les manifestes cherchent avant tout à communiquer des idées révolutionnaires, parfois utopiques. Citons à titre d'exemple le *Manifeste du parti communiste* (1847) de Karl Marx et Friedrich Engels (théoricien et militant socialiste allemand, 1820-1895), le *Manifeste du futurisme*

(1909) de Filippo Tommaso Marinetti (écrivain italien, 1876-1944) ou d'autres ne portant pas le titre de « manifeste », mais s'y apparentant, comme la *Défense et illustration de la langue française* (1549) de Joachim du Bellay (poète français, 1522-1560), auquel Breton fait d'ailleurs allusion en écrivant : « N'importe s'il y a quelque disproportion entre cette défense et l'illustration qui la suivra. » (p. 29)

Contrairement au *Manifeste dada 1918* de Tzara, qui est une provocation, celui de Breton semble vouloir être pris au sérieux. L'auteur marche d'ailleurs sur les traces de quelques poètes qui lui servent de garants.

• Jean de La Fontaine (poète français, 1621-1695). Évoquant le gout des enfants pour le merveilleux, le poète écrit : « Ceux-ci [...] ne gardent pas une assez grande virginité d'esprit pour prendre un plaisir extrême à *Peau d'Âne* » (p. 26), citant le fabuliste (« Si *Peau d'âne* m'était conté/ J'y prendrais un plaisir extrême », « Le Pouvoir des fables », in *Fables*, livre VIII, 1678).
• Arthur Rimbaud. « La folie qu'on enferme » (p. 15) est une citation d'« Alchimie du verbe »,

fragment du recueil poétique *Une saison en enfer* (1873). L'hallucination du château (p. 27) s'en inspire également, de même que l'évocation distanciée d'anciennes expériences poétiques (« Je m'étais mis à choyer immodérément les mots pour l'espace qu'ils admettent autour d'eux… », p. 30) et la citation « C'est oracle ce que je dis » (p. 57).

- Gérard de Nerval est nommé inspirateur du groupe, et Breton semble presque regretter l'adoption du mot « surréalisme » alors que Nerval avait plutôt utilisé « supernaturalisme ».

QU'EST-CE QUE LE SURRÉALISME ?

Fondements

De l'enfance à la folie en passant par le rêve et le merveilleux, la valorisation de l'imagination constitue le point de départ du surréalisme. C'est le thème des premières pages du *Manifeste*. L'auteur, dans une sorte de déclaration d'amour (« Chère imagination, ce que j'aime surtout en toi […] », p. 14) clame l'importance vitale du rêve, la force, la confiance, la lucidité, le plaisir et la liberté qu'il procure à l'adulte, à l'enfant et au fou.

Le deuxième pas consiste à réconcilier le rêve et la réalité. C'est là que le travail de Freud intervient. Pour que l'homme puisse assumer sa nature de « rêveur définitif » (p. 13), il doit ouvrir les portes habituellement fermées de son inconscient. En étant à l'écoute de celui-ci à tout moment, il accomplira la réconciliation désirée. Ses rêves, ses désirs et ses fantasmes feront pleinement partie de sa personnalité, influençant ouvertement ses actes.

Le troisième est le plus difficile et relève peut-être de l'utopie. En unissant rêve et réalité, Breton souhaite que celle-ci se transforme en « surréalité » : « Je crois à la résolution future de ces deux états [...] que sont le rêve et la réalité, en une sorte de réalité absolue, de surréalité [...]. C'est à sa conquête que je vais, certain de n'y pas parvenir mais trop insoucieux de ma mort pour ne pas supporter un peu les joies d'une telle possession. » (p. 24)

Définitions

Les définitions du surréalisme se déploient au cœur du *Manifeste* juste avant l'insertion visuellement criarde et intellectuellement surprenante des courts textes en style publicitaire intitulés « Secrets de l'art magique surréaliste » (p. 41-44).

Après avoir rendu à Apollinaire et à Nerval ce qui leur était dû (au premier, le fait d'avoir créé le mot « surréaliste » et d'en avoir approché l'esprit ; au second, le fait d'avoir pratiqué une écriture inspirée appelée « supernaturalisme », véritablement annonciatrice du « surréalisme »), André Breton livre un article de style lexicographique définissant le mot « surréalisme ». Cet article est constitué de trois parties :

- une définition du surréalisme comme pratique ;
- une définition du surréalisme comme courant de pensée ;
- une liste de références, c'est-à-dire des personnes ayant « fait acte de surréalisme absolu » (p. 36-37).

D'un point de vue pratique, le surréalisme se définit comme suit : « Automatisme psychique pur, par lequel on se propose d'exprimer, soit verbalement, soit par écrit, soit de toute autre manière, le fonctionnement réel de la pensée. Dictée de la pensée, en l'absence de tout contrôle exercé par la raison, en dehors de toute préoccupation esthétique ou morale. » (p. 36) Breton désigne ainsi l'écriture automatique ou tout autre procédé expressif entièrement libre de censure et de conformisme.

Définissant le surréalisme comme courant de pensée, Breton va plus loin, en énonçant deux principes : « Le surréalisme repose sur la croyance à la réalité supérieure de certaines formes d'associations négligées jusqu'à lui [...]. Il tend à ruiner définitivement tous les autres mécanismes psychiques et à se substituer à eux dans la résolution des principaux problèmes de la vie. » (*ibid.*) Ainsi, non seulement le surréalisme acquiert une dimension quasi religieuse, mais en plus, il implique une conversion et une adhésion totales de la part de l'individu.

MÉTHODES SURRÉALISTES

La plus célèbre est l'écriture automatique. Dans le passage didactique intitulé « Composition surréaliste écrite, ou premier et dernier jet » (p. 41), l'auteur donne les conditions matérielles de cette technique et quelques conseils pratiques. Il s'agit de se concentrer, d'écrire rapidement, d'abolir toute pensée rationnelle et de recourir à l'arbitraire en laissant ses pensées s'exprimer sans filtre et sans logique. Ce procédé permet à l'inconscient et aux désirs les plus profonds de s'exprimer.

Dans l'évocation de ses premières expériences d'écriture automatique (p. 31-35), le poète explique qu'il s'inspire de la méthode freudienne de traitement des psychoses, qui consiste à faire surgir un monologue « aussi rapide que possible » (p. 33). La première étape pour accéder au flux de paroles intérieur consiste à capter une phrase qui se présente à notre esprit dans un état de demi-sommeil.

Le passage qui suit les « Secrets de l'art magique » dépeint avec un certain enthousiasme l'expérience authentique de l'écriture automatique de Breton et de Soupault dans *Les Champs magnétiques* (p. 44-48) :

> « Non seulement ce langage sans réserve que je cherche à rendre toujours valable, qui me paraît s'adapter à toutes les circonstances de la vie, non seulement ce langage ne me prive d'aucun de mes moyens, mais encore il me prête une

extraordinaire lucidité et cela dans le domaine où de lui j'en attendais le moins. » (p. 45)

Liée à l'écriture automatique, la création d'images est le moteur de l'art surréaliste. Un passage (p. 48-51) s'intéresse à leur secret de fabrication : les images doivent surgir d'un rapprochement fortuit entre deux réalités parfois fort distinctes. Ce dernier est favorisé par l'automatisme. Plus le degré d'arbitraire est grand, plus l'image sera forte. Elle plonge celui qui la découvre dans un état stupéfiant qui lui ouvre l'accès à une autre réalité, qui dépasse celle du monde quotidien.

Le collage (c'est-à-dire l'assemblage de mots ou de phrases tirés de publications diverses) est une autre des nombreuses techniques que les surréalistes jugent adaptées à leurs objectifs (p. 53-56). L'auteur présente à titre exemplaire un poème fait de coupures de journaux assemblées sans autre principe que le respect de la syntaxe.

Le surréalisme pratique également des jeux d'écriture qui laissent une belle place au hasard. Le cadavre exquis en est l'exemple le plus connu : les participants écrivent à tour de rôle une partie de phrase sur une feuille pliée, ignorant ce que les personnes précédentes ont écrit ; l'ordre syntaxique canonique nom-adjectif-verbe-complément d'objet direct-adjectif doit impérativement être respecté pour produire une phrase grammaticalement correcte.

La première phrase obtenue via cette méthode fut « le cadavre exquis boira le vin nouveau », ce qui donna le nom au jeu. Le procédé s'oppose au jeu avec l'inconscient de l'écriture automatique : ici, ce n'est pas l'inconscient qui crée l'œuvre surréalisme, mais bel et bien le hasard, qui propose des associations de mots inédites.

Enfin, les surréalistes n'hésitent pas à consommer de la drogue ou de l'alcool pour inhiber leur pensée consciente et provoquer des hallucinations ou des délires créatifs. L'hypnose est également un moyen fréquemment utilisé pour éliminer toute forme de contrôle de l'écriture et ouvrir de nouvelles possibilités à l'écrivain.

Le subconscient (état qui est le nôtre sans que nous en ayons connaissance, mais qui influence notre conscient) prend donc les commandes du processus créatif, ce qui permet de faire surgir une œuvre non soumise aux pressions et conventions sociales.

ENTRE LYRISME ET PRÉCISION SCIENTIFIQUE

L'écriture du *Manifeste* reflète sensiblement le style des autres proses de Breton : mélange de sobriété classique, de sinuosité baroque et de ruptures de construction. Dans le texte théorique et argumentatif qui nous intéresse, on note une tension entre discours scientifique et voix lyrique.

Du côté de la science et de la rigueur, on relève :

- la construction de l'ouvrage, d'une logique rigoureuse, dont voici le plan :
  - constat de la misère de l'homme (p. 13-21),
  - possibilité de salut grâce à la valorisation de l'imagination et aux découvertes de Freud (p. 21-29),
  - méthodes et moyens pour y parvenir (p. 29-40),
  - exemples (p. 41-44),
  - ouvertures et prolongements (p. 44-60),
  - conclusion (p. 60) ;

- le recours aux listes numérotées d'arguments ou de remarques (p. 48-53) ;
- l'analyse fréquente d'exemples, comme la description (p. 17) de Dostoïevski (romancier russe, 1821-1881) ou le « merveilleux littéraire » (p. 25) dans *Le Moine* (1796) de Lewis (écrivain britannique, 1775-1818).

Du côté du lyrisme – expression exaltée des sentiments, passions –, on note :

- la présence continuelle de la première personne (« Je crois », p. 35 ; « J'ai tenu à mettre à la portée [...] », p. 49 ; « Nous vivons encore sous le règne [...] », p. 19, etc.) ;
- des verbes appréciatifs forts (aimer, faire horreur, etc.) ;
- une importante modalisation – composante énonciative grâce à laquelle le locuteur manifeste le degré d'adhésion à son énoncé – dans les adjectifs (pur, absolu, etc.) et les interjections (« Parbleu ! », p. 28) ;
- des formules enthousiastes, emphatiques, comme « Fiez-vous au caractère inépuisable du murmure » (p. 41-42) ;
- on peut également citer l'effet de décalage expressif produit par l'insertion d'éléments

typographiques distincts au sein du texte comme les italiques, les majuscules, les listes, les lignes de motifs ou de points, etc.

Enfin, il semble révélateur que l'avant-dernière page du *Manifeste* ait pour sujet les affinités possibles de la recherche scientifique (hasardeuse et passionnée) avec la démarche surréaliste (p. 59). Cela laisse à penser que Breton lui-même se situe au croisement de la recherche (style scientifique) et de la passion (style lyrique), proposant dès lors une esthétique hybride et inédite jusqu'alors.

LE SURRÉALISME DANS LE MONDE ET DANS LES ARTS

Au-delà des frontières

Le surréalisme ne s'est évidemment pas limité au paysage culturel français : ses principes ont transcendé les frontières et les cultures pour s'implanter de façons diverses et variées dans plusieurs pays, avec, cependant, un certain décalage chronologique.

En Belgique, un centre surréaliste a vu le jour à Bruxelles en 1924, sous l'inspiration de Paul

Nougé (écrivain belge, 1895-1967), connu pour avoir théorisé le surréalisme en Belgique. En 1932, un groupe surréaliste nommé Rupture s'est constitué autour de la personnalité d'Achille Chavée (poète belge, 1906-1969). Cependant, les Belges ne suivent pas à la lettre la doctrine surréaliste française : ils ne pratiquent pas l'écriture automatique et ne font pas part de leurs engagements politiques.

En Espagne, la poésie (Federico García Lorca [écrivain et auteur dramatique espagnol, 1898-1936], Rafael Alberti [écrivain et peintre espagnol, 1902-1999], etc.) a également été influencée par le surréalisme à la fin des années 1920, tandis que les principes de l'esthétique surréaliste ont aussi été observés dans les littératures scandinave et soviétique. Le poétisme tchèque, apparu dès 1924, est quant à lui considéré comme l'une des premières phases du surréalisme européen.

En dehors des limites de l'Europe, le surréalisme a aussi connu un certain succès, notamment en Bolivie (Jaime Sáenz [écrivain bolivien, 1921-1986] fut la figure de proue du surréalisme latino-américain) ou au Japon avec Kobo Abe (écrivain japonais, 1924-1993). Et non content de transcender les frontières géographiques, le surréalisme a également traversé les frontières artistiques : le cinéma et la peinture ont ainsi connu une période surréaliste au même titre que la littérature.

Au cinéma et en peinture

Au cinéma, le premier film considéré comme surréaliste fut le moyen métrage de Germaine Dulac (cinéaste française, 1882-1942), *La Coquille et le Clergyman* (1928). Cependant, la première œuvre légitimée par le mouvement surréaliste est *Un chien andalou* (1929) de Luis Buñuel (cinéaste espagnol naturalisé mexicain, 1900-1983) et Salvador Dalí (peintre, graveur et écrivain espagnol, 1904-1989). On estime que la période du cinéma surréaliste en France fut très brève : elle s'est achevée en 1930 avec *Le Sang d'un poète* (1930) de Jean Cocteau (écrivain et cinéaste français, 1889-1963).

Les films surréalistes partagent plusieurs caractéristiques comme l'absence d'une intrigue proprement dite, le contexte non réaliste et l'impossibilité de situer les personnages dans un espace-temps précis. Le cinéma surréaliste veut représenter le fonctionnement de la pensée, au même titre que l'écriture surréaliste, en se référant au rêve.

Quant au surréalisme pictural, à l'image du surréalisme littéraire, il s'inspire des théories psychanalytiques de Freud en désirant explorer l'inconscient et les rêves pour proposer des créations artistiques poétiques. René Magritte (peintre belge, 1898-1967) s'est notamment amusé à créer des images basées sur des jeux de mots et jeux de sens, comme le célébrissime « Ceci n'est pas une pipe » de *La Trahison des images* (1928-1929). Mais le peintre surréaliste le plus connu est sans aucun doute Dalì, qui a produit des œuvres (peintures, sculptures et gravures) inquiétantes et complexes, ayant pour but de susciter le questionnement de l'observateur : *La Persistance de la mémoire* (1931), *La Girafe en feu* (1937), *Le Visage de la guerre* (1940), etc.

Le *Manifeste du surréalisme*, connu ensuite sous le nom du *Premier Manifeste du surréalisme*, est le texte phare d'un mouvement d'abord littéraire puis artistique qui a marqué le monde culturel. André Breton y fait preuve de virulence pour défendre ses idées : la réalité doit être à tout prix évitée en art, car trop omniprésente dans notre quotidien ; l'art devient alors une méthode pour atteindre le surréel, une forme de réalité supérieure au monde commun et qui brille par son caractère exceptionnel.

PISTES DE RÉFLEXION

QUELQUES QUESTIONS POUR APPROFONDIR SA RÉFLEXION...

- Dans quelle mesure ce texte peut-il être considéré comme une entreprise de légitimation d'un mouvement artistique et littéraire ?
- En quoi consiste la dimension idéaliste du surréalisme ? Peut-on parler d'une utopie ? Justifiez votre réponse.
- En quoi les méthodes et découvertes de Sigmund Freud ont-elles influencé le surréalisme ?
- Étudiez les figures de précurseurs littéraires qui apparaissent dans ce texte (Nerval, Rimbaud, Lautréamont, Apollinaire, etc.). En quoi ces artistes annoncent-ils le surréalisme ?
- À votre avis, pourquoi André Breton a-t-il choisi la première personne pour rédiger son manifeste, alors qu'il énonce les principaux généraux d'un mouvement artistique ? Quelles sont les implications de ce choix original ?
- À votre avis, le *Manifeste du surréalisme* se

prend-il au sérieux ? L'humour et la provocation y ont-ils également part ? Justifiez votre réponse.

- « Prisonniers des gouttes d'eau, nous ne sommes que des animaux perpétuels. Nous courons dans les villes sans bruits et les affiches enchantées ne nous touchent plus. À quoi bon ces grands enthousiasmes fragiles, ces sauts de joie desséchés ? Nous ne savons plus rien que les astres morts ; nous regardons les visages ; et nous soupirons de plaisir. Notre bouche est plus sèche que les plages perdues ; nos yeux tournent sans but, sans espoir. Il n'y a plus que ces cafés où nous nous réunissons pour boire ces boissons fraiches, ces alcools délayés et les tables sont plus poisseuses que ces trottoirs où sont tombées nos ombres mortes de la veille. » (« La Glace sans tain », in BRETON A., *Œuvres complètes I*, Paris, Gallimard, 1988, p. 67) En vous appuyant sur le *Manifeste du surréalisme*, mettez en évidence les caractéristiques de l'écriture automatique que l'on peut retrouver dans ce texte d'André Breton et Philippe Soupault.

- « Le surréalisme est d'abord d'essence littéraire », peut-on lire dans une notice du

Centre Pompidou (« L'art surréaliste », in *mediation.centrepompidou.fr*). Cette affirmation est-elle en accord avec votre lecture du texte ?

- Le *Second Manifeste du surréalisme* (1929) accorde-t-il à la thématique du rêve la même importance que le premier ? Quelle évolution se dessine entre les deux textes ?
- Rédigez quelques lignes en suivant la méthode de l'écriture automatique.

Votre avis nous intéresse !
Laissez un commentaire sur le site de votre librairie en ligne
et partagez vos coups de cœur sur les réseaux sociaux !

POUR ALLER PLUS LOIN

ÉDITION DE RÉFÉRENCE

- BRETON A., *Manifestes du surréalisme*, Paris, Gallimard, coll. « Folio Essais », 1985. Cette édition comprend également le *Second Manifeste du surréalisme*.

ÉTUDES DE RÉFÉRENCE

- ARON P., SAINT-JACQUES D. et VIALA A., *Le dictionnaire du littéraire*, Paris, Presses universitaires de France, 2002.
- BRETON A., « Discours au Congrès des écrivains pour la défense de la culture », in *Bulletin international du surréalisme*, n° 3, 20 aout 1935.
- BRETON A., *Œuvres complètes I*, Paris, Gallimard, 1988, p. 67.
- « L'art surréaliste », in *mediation.centrepompidou.fr*, consulté le 19 septembre 2017. http://mediation.centrepompidou.fr/education/ressources/ENS-Surrealisme/ENS-surrealisme.htm

SUR LEPETITLITTÉRAIRE.FR

- Fiche de lecture sur *L'Amour fou* d'André Breton.
- Fiche de lecture sur *Nadja* d'André Breton.

Retrouvez notre offre complète sur lePetitLittéraire.fr

- des fiches de lectures
- des commentaires littéraires
- des questionnaires de lecture
- des résumés

ANOUILH
- Antigone

AUSTEN
- Orgueil et Préjugés

BALZAC
- Eugénie Grandet
- Le Père Goriot
- Illusions perdues

BARJAVEL
- La Nuit des temps

BEAUMARCHAIS
- Le Mariage de Figaro

BECKETT
- En attendant Godot

BRETON
- Nadja

CAMUS
- La Peste
- Les Justes
- L'Étranger

CARRÈRE
- Limonov

CÉLINE
- Voyage au bout de la nuit

CERVANTÈS
- Don Quichotte de la Manche

CHATEAUBRIAND
- Mémoires d'outre-tombe

CHODERLOS DE LACLOS
- Les Liaisons dangereuses

CHRÉTIEN DE TROYES
- Yvain ou le Chevalier au lion

CHRISTIE
- Dix Petits Nègres

CLAUDEL
- La Petite Fille de Monsieur Linh
- Le Rapport de Brodeck

COELHO
- L'Alchimiste

CONAN DOYLE
- Le Chien des Baskerville

DAI SIJIE
- Balzac et la Petite Tailleuse chinoise

DE GAULLE
- Mémoires de guerre III. Le Salut. 1944-1946

DE VIGAN
- No et moi

DICKER
- La Vérité sur l'affaire Harry Quebert

DIDEROT
- Supplément au Voyage de Bougainville

DUMAS
• Les Trois
  Mousquetaires

ÉNARD
• Parlez-leur
  de batailles,
  de rois et
  d'éléphants

FERRARI
• Le Sermon sur la
  chute de Rome

FLAUBERT
• Madame Bovary

FRANK
• Journal
  d'Anne Frank

FRED VARGAS
• Pars vite et
  reviens tard

GARY
• La Vie devant soi

GAUDÉ
• La Mort du
  roi Tsongor
• Le Soleil des
  Scorta

GAUTIER
• La Morte
  amoureuse
• Le Capitaine
  Fracasse

GAVALDA
• 35 kilos d'espoir

GIDE
• Les
  Faux-Monnayeurs

GIONO
• Le Grand
  Troupeau
• Le Hussard
  sur le toit

GIRAUDOUX
• La guerre de
  Troie
  n'aura pas lieu

GOLDING
• Sa Majesté des
  Mouches

GRIMBERT
• Un secret

HEMINGWAY
• Le Vieil Homme
  et la Mer

HESSEL
• Indignez-vous !

HOMÈRE
• L'Odyssée

HUGO
• Le Dernier Jour
  d'un condamné
• Les Misérables
• Notre-Dame
  de Paris

HUXLEY
• Le Meilleur
  des mondes

IONESCO
• Rhinocéros
• La Cantatrice
  chauve

JARY
• Ubu roi

JENNI
• L'Art français
  de la guerre

JOFFO
• Un sac de billes

KAFKA
• La Métamorphose

KEROUAC
• Sur la route

KESSEL
• Le Lion

LARSSON
• Millenium I. Les
  hommes qui
  n'aimaient pas
  les femmes

LE CLÉZIO
• Mondo

LEVI
• Si c'est un
  homme

LEVY
• Et si c'était vrai…

MAALOUF
• Léon l'Africain

MALRAUX
• La Condition
humaine

MARIVAUX
• La Double
Inconstance
• Le Jeu de l'amour
et du hasard

MARTINEZ
• Du domaine
des murmures

MAUPASSANT
• Boule de suif
• Le Horla
• Une vie

MAURIAC
• Le Nœud
de vipères

MAURIAC
• Le Sagouin

MÉRIMÉE
• Tamango
• Colomba

MERLE
• La mort est
mon métier

MOLIÈRE
• Le Misanthrope
• L'Avare
• Le Bourgeois
gentilhomme

MONTAIGNE
• Essais

MORPURGO
• Le Roi Arthur

MUSSET
• Lorenzaccio

MUSSO
• Que serais-je
sans toi ?

NOTHOMB
• Stupeur et
Tremblements

ORWELL
• La Ferme
des animaux
• 1984

PAGNOL
• La Gloire de
mon père

PANCOL
• Les Yeux jaunes
des crocodiles

PASCAL
• Pensées

PENNAC
• Au bonheur
des ogres

POE
• La Chute de la
maison Usher

PROUST
• Du côté de
chez Swann

QUENEAU
• Zazie dans
le métro

QUIGNARD
• Tous les matins
du monde

RABELAIS
• Gargantua

RACINE
• Andromaque
• Britannicus
• Phèdre

ROUSSEAU
• Confessions

ROSTAND
• Cyrano de
Bergerac

ROWLING
• Harry Potter à
l'école des sor-
ciers

SAINT-EXUPÉRY
• Le Petit Prince
• Vol de nuit

SARTRE
• Huis clos
• La Nausée
• Les Mouches

SCHLINK
• Le Liseur

SCHMITT
- La Part de l'autre
- Oscar et la
  Dame rose

SEPULVEDA
- Le Vieux qui
  lisait des romans
  d'amour

SHAKESPEARE
- Roméo et Juliette

SIMENON
- Le Chien jaune

STEEMAN
- L'Assassin
  habite au 21

STEINBECK
- Des souris et
  des hommes

STENDHAL
- Le Rouge et
  le Noir

STEVENSON
- L'Île au trésor

SÜSKIND
- Le Parfum

TOLSTOÏ
- Anna Karénine

TOURNIER
- Vendredi ou
  la Vie sauvage

TOUSSAINT
- Fuir

UHLMAN
- L'Ami retrouvé

VERNE
- Le Tour
  du monde
  en 80 jours
- Vingt mille
  lieues sous
  les mers
- Voyage au
  centre de
  la terre

VIAN
- L'Écume des jours

VOLTAIRE
- Candide

WELLS
- La Guerre des
  mondes

YOURCENAR
- Mémoires
  d'Hadrien

ZOLA
- Au bonheur
  des dames
- L'Assommoir
- Germinal

ZWEIG
- Le Joueur
  d'échecs

www.lepetitlitteraire.fr

ISBN version numérique : 978-2-8062-1998-5
ISBN version papier : 978-2-8080-1143-9
Dépôt légal : D/2017/12603/825

Avec la collaboration de Kelly Carrein pour le chapitre « Le surréalisme dans le monde et dans les arts ».

Conception numérique : Primento,
le partenaire numérique des éditeurs.

Ce titre a été réalisé avec le soutien de la Fédération Wallonie-Bruxelles, Service général des Lettres et du Livre.